Las 10 mejores cosas de mi papá

Por Christine Loomis

Ilustrado por Jackie Urbanovic

SCHOLASTIC INC.

New York Toronto London Auckland Sydney
Mexico City New Delhi Hong Kong Buenos Aires

A los buenos papás de todo el mundo
— C.L.

A mi papá, que me inculcó el amor
por el trabajo manual.
— J.U.

Originally published in English as *The 10 Best Things About My Dad*
Translated by Pepe Alvarez-Salas.

ISBN-10: 0-439-88347-4
ISBN-13: 978-0-439-88347-4

12 11 10 9 8 7 6 5 4 3   7 8 9 10 11/0

Printed in China   67

First Spanish printing, December 2006

¿Sabes por qué mi papá se merece un 10?

Te lo voy a contar.

Sabe lanzar.

Sabe batear.

Le encanta el béisbol y coleccionar.

Pero lo que más le gusta
es salir a jugar.

#2

Le gustan las siestas porque
es muy tranquilo.
Me abraza a su lado y yo
me hago el dormido.

.

Me enseña mil cosas, todo lo que sabe,
y así yo aprendo a no equivocarme.

Si rompo algo, me dice: "Tranquilo, seguro que algo nuevo has aprendido".

Siempre me anima mucho,

viene a todos mis partidos.

Me aplaude cuando actúo

yo solo o con mis amigos.

Vamos juntos en el auto

a recorrer la ciudad.

Yo creo que nos perdemos
pero él sabe regresar.

Por la noche me lee cuentos,
a veces nueve o diez.

Y no pone mala cara cuando
le digo, "¡Otra vez!"

Me entiende si tengo miedo
aunque sea ya muy tarde.

Él sabe ahuyentar los monstruos,
que huyen como cobardes.

Si me lastimo me abraza

y se queda un rato conmigo.

Me escucha cuando le hablo.

Él es mi mejor amigo.

A veces es como un niño
cuando hace tonterías.

Y si estoy un poco triste
consigue que me ría.

Pero lo mejor de todo,

por lo que le doy un diez,

¿sabes lo que es?

¡Que lo quiero como es!